Je suis heureux !

Angèle Delaunois

Philippe Béha

Le bonheur, c'est un mot magique
qui ne veut pas dire la même chose
pour tout le monde.

Pour certains, c'est posséder
beaucoup de choses...

Pour d'autres, c'est faire
beaucoup de choses...

Mais pour moi...

JE SUIS HEUREUX

lorsque je marche pieds nus sur la terre,
sur l'herbe ou sur le sable
et que mes pas deviennent
une danse de joie.

JE SUIS HEUREUX
quand mes mains caressent
les touches du piano,
les cordes de la guitare
ou la peau du tambour
et que ma musique emplit
toute la maison.

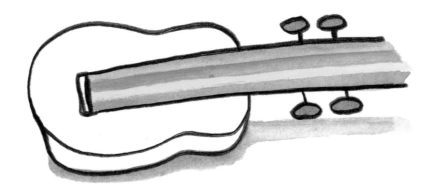

JE SUIS HEUREUX

dans le jardin de grand-maman
où je peux cueillir des fraises
et en manger autant qu'il le faut
pour faire rougir ma langue.

JE SUIS HEUREUX
devant une grande feuille de papier blanc
que je peux colorier ou peindre
aux mille couleurs de mon imagination.

JE SUIS HEUREUX

lorsque je joue au ballon avec mes amis
et que je cours à perdre haleine
sous le soleil, jusqu'à tomber de fatigue.

JE SUIS HEUREUX

le soir, lorsque maman ou papa
vient me lire une histoire.
Blotti tout contre eux,
je peux dormir en paix,
protégé par leur amour.

JE SUIS HEUREUX
les jours de pluie
lorsque je saute à pieds joints
dans toutes les flaques d'eau
en mouillant mes belles bottes rouges.

JE SUIS HEUREUX
quand je plonge dans mes livres préférés
en imaginant les personnages dans ma tête
et en vivant avec eux
de merveilleuses aventures.

JE SUIS HEUREUX
quand l'hiver reste dehors
et que je regarde la neige
tomber en tourbillons,
bien au chaud dans la maison.

Le bonheur, ce sont toutes ces petites choses
qui rendent ma vie plus jolie,
tous ces petits riens qui me font sourire
et chantent pour moi la plus belle chanson,
celle de la vie.

Et toi ? Qu'est-ce qui te rend heureux ?

Je suis heureux !

Éditrice : Angèle Delaunois
Édition électronique : Hélène Meunier
Adjointe à l'édition : Aline Noguès

© 2016 : Angèle Delaunois, Philippe Béha
et les Éditions de l'Isatis

Dépôt légal : 1er trimestre 2016

ISBN : 978-2-924309-74-2 (édition imprimée)
ISBN : 978-2-924309-75-9 (PDF)

Nous remercions le Conseil des arts du Canada de
l'aide accordée à notre programme de publication
et la SODEC pour son appui financier en vertu du
Programme d'aide aux entreprises du livre et de
l'édition spécialisée et du programme de crédit d'impôt
pour l'édition de livres.

Conseil des arts   Canada Council
du Canada   for the Arts

SODEC Québec

Financé par le   Funded by the
gouvernement   Gouvernment   Canada
du Canada   of Canada

Isatis

ÉDITIONS DE L'ISATIS
4829, avenue Victoria
Montréal – QC - H3W 2M9
www.editionsdelisatis.com
Imprimé au Canada

ASSOCIATION NATIONALE DES ÉDITEURS DE LIVRES

IMPRIMÉ AU CANADA

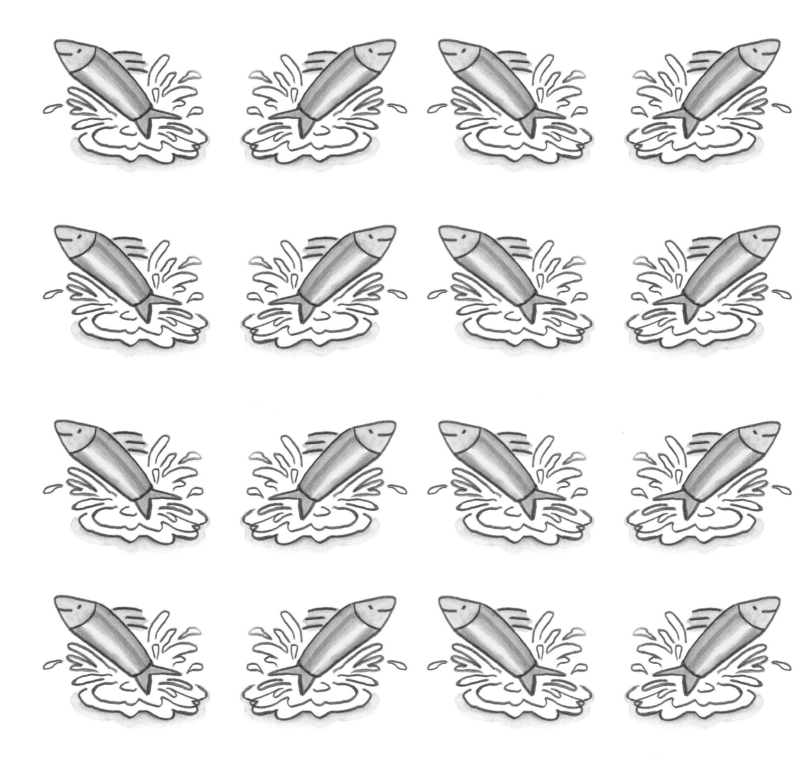